Ishia

*Une aventure
de Vicky Van Halen
et du commissaire Janvier*

Manuel Mereb

© 2016, Manuel Mereb
Éditeur : BoD – Books on Demand
12/14 rond-point des Champs Elysés, 75008 Paris
Impression : BoD – Books on Demand, Allemagne

ISBN : 978-2-32213-095-5

Dépôt légal : Novembre 2016

Prologue

Ishia regardait la lame incandescente s'approcher de son visage. Les yeux écarquillés, elle ne pouvait détacher son regard des mouvements lascifs de l'arme. Le salaud ne se pressait pas : il savait la fillette incapable de se libérer des solides liens de cuir qui maintenaient ses jambes et ses poignets. Elle se tortillait à même le sol en terre battue mais son corps de douze ans n'avait aucune chance, ligoté et bâillonné, écrasé par la puissance de l'homme qui la plaquait au sol d'une main et agitait une machette chauffée à blanc de l'autre. Terrorisée, elle étouffait sous son poids en haletant ; elle savait qu'il allait la tuer en prenant le plus de temps et de plaisir possible.

Autour, assis sur le sol de la caverne, quatre tueurs, chacun rivalisant d'abjection, observaient la scène avec attention. Ces meurtriers de la pire espèce avaient tous leur spécialité et se réjouissaient de pouvoir exercer tour à tour sur elle leur si singulier talent. Le premier, celui qui la maintenait au sol, était Mbakaji, un violeur d'enfants, qui aimait étrangler ses victimes en jouissant. À sa gauche se tenait Nzito, Celui-qui-brûle, dont il brandissait l'arme. Venaient ensuite, assis à droite, M'halifu, le Briseur d'Os, puis légèrement plus loin, Kizu le Trancheur. Enfin, certainement la plus dangereuse d'entre eux, M'chawi la sorcière gardait l'entrée. Sa simple présence était source d'épouvante, car dans la plupart des cas, la croiser signifiait mourir. Les rares villageois qui avaient suffisamment de courage pour recourir à ses services le faisaient face contre terre, de peur de rencontrer son regard. Elle s'occuperait de ses restes quand tout serait fini, lui avait-elle dit.

Mbakaji lui soufflait des obscénités qu'elle ne pouvait pas comprendre, son visage tout près du sien. Son haleine était ignoble, comme s'il avait mangé de la nourriture avariée, ce qui était peut-être le cas, ou comme s'il pourrissait lui-même de l'intérieur. Il suintait, répandant sur elle des gouttes de sueur et des filets de bave en faisant des bruits avec sa langue. Quand il se mit à lécher son visage, de violents haut-le-cœur remontèrent de son estomac : elle aurait vomi si elle n'avait pas eu aussi mal, écrasée au sol qu'elle était. Soudain, il reposa l'arme dans les flammes du brasero et d'un geste, lui arracha sa tunique, exposant son corps nu à la lumière tremblotante des flammes. Sa bouche répugnante revint se coller contre sa peau, enduisant son cou de salive collante, puis descendit progressivement pour embrasser ses seins naissants.

Ishia se contorsionnait désespérément sans pouvoir échapper à l'horrible caresse. Il lui mordilla les mamelons, lui arrachant des cris de douleur et descendit encore pour lui lécher bruyamment le ventre. Quand sa bouche se rapprocha de son sexe, elle hurla, le repoussant de toutes ses forces, mais ne put écarter sa langue de ses replis les plus intimes. Le bâillon l'empêchait de crier à pleins poumons, mais elle beuglait à travers le plus fort qu'elle pouvait, tandis que la révoltante sensation lui tirait des larmes.

S'écartant soudain, il la redressa à la verticale d'un geste violent en la soulevant par le cou. Il la fit pivoter sans que ses pieds touchent le sol et se plaça dans son dos, la maintenant fermement par les bras. En voyant Celui-qui-brûle se lever, Ishia se mit d'un coup à regretter les attouchements de Mbakaji. Un tremblement irrépressible la saisit, alors qu'il vérifiait ses instruments : un long frisson parcourut ses membres, et remonta le long de la colonne vertébrale jusqu'à la racine de ses cheveux. Dans l'ombre de son capuchon, elle devinait les yeux noirs de Nzito, fixés sur elle, et dans le silence de la grotte, seul retentissait le rythme terrifié de sa respiration.

Elle tremblait de peur sans pouvoir quitter du regard l'homme qui retournait ses couteaux dans les braises, avec des gestes sûrs et précis. Satisfait, il fit passer son vêtement par-dessus sa tête, dévoilant un corps fin et athlétique, qu'on aurait probablement trouvé beau s'il n'était couvert des pieds à la tête de tatouages, de marques et d'ornements divers, tous plus effrayants les uns que les autres. Son visage disparaissait sous les motifs étranges, les perles, les bouts d'os incrustés sous la peau. Avec ses dents taillées, on aurait dit le masque d'un démon, et pour Ishia, douze ans, c'était le visage de ses pires cauchemars.

Celui-qui-brûle se saisit d'une longue machette rougeoyante et se mit à faire de grands gestes en faisant siffler la lame. Les yeux toujours rivés dans ceux de l'enfant, il heurtait le sol du talon à chaque passage de la lame. Ishia, qui voyait l'arme frôler sa peau, était certaine qu'un seul de ces moulinets aurait pu la couper en deux. Il fendait l'air en cadence, frappant le sol avec son pied, et produisant une sorte de musique macabre qu'il accompagnait de déhanchements et de sons gutturaux. Le rythme s'accéléra, et devint de plus en plus complexe, mêlé de pirouettes et de contorsions. Sans marquer la moindre pause, il se saisit d'une deuxième lame plus effilée et se rapprocha. Ishia était comme hypnotisée, incapable de quitter des yeux les prunelles sombres du danseur. Soudain elle sentit une brûlure sur son bras, puis une autre quasi simultanément sur l'autre bras. La douleur jaillit dans sa tête à la manière d'une explosion. Une douleur intense, rapide et grandissante comme une lame de fond déferlant sur son cerveau. Elle ferma les yeux et cria aussi fort qu'elle le pouvait, mais rien n'existait plus sauf la lame incandescente qui brûlait sa peau. L'univers s'était réduit à ce feu qui courait sur son corps en l'enflammant.

Le type connaissait son affaire. Faisant danser ses lames le long des terminaisons nerveuses, il traçait des lignes d'une main sans s'arrêter, fixant les détails de l'autre. Peu à peu, des motifs complexes apparaissaient, des formes tantôt animales, tantôt végétales, aux lignes entrelacées de symboles étranges. Il travaillait vite, et bientôt les bras de la jeune fille furent entièrement recouverts, puis ses jambes. Quand il s'attaqua au torse, Ishia était complètement coupée du monde. Son esprit, surnageant dans un océan de souffrance, suivait très exactement le mouvement de la lame, conscient que le moindre écart pouvait au mieux l'estropier, au pire la tuer. Après un temps infini, elle sut que c'était terminé. Le feu était passé sur son corps entier, creusant des sillons de douleur tel le soc d'une infernale charrue, et labourant son épiderme comme pour le préparer à un nouveau cycle. Elle ouvrit les yeux, contempla d'un air absent ses bras dévastés. Elle voyait, elle sentait l'odeur de la peau brûlée, mais sans faire le lien : son esprit avait lâché prise, elle n'était plus vraiment partie prenante.

Étrangement, elle avait pourtant une conscience bien plus aiguë des âmes autour d'elle. Elle sentait par exemple la fatigue de Nzito et sa satisfaction devant le travail effectué. Elle était capable de le voir se rasseoir un peu plus loin sur sa gauche sans même tourner la tête dans sa direction. « Je suis morte », pensa-t-elle de prime abord, réalisant a posteriori que son corps bougeait toujours et qu'elle sentait pulser les brûlures sur sa peau. Reportant son attention vers l'entrée de la grotte, elle remarqua que la sorcière faisait figure d'exception : aucune émotion, aucune pensée ne transpirait de sa personne, exactement comme un simple bloc de pierre. Il fallait faire un effort pour la voir, contrairement aux autres qui étaient beaucoup plus visibles. M'halifu attendait, impatient de voir la suite ; Kizu somnolait clairement, tandis que derrière elle, Mbakaji, lui... lui était prêt.

« Oh non ! », eut-elle le temps de penser avant qu'une main lui prenne l'arrière de la tête et la lui plaque au sol. À genoux, le visage frottant contre terre, elle sentit avec horreur une main brutale se refermer sur son sexe et un doigt s'enfoncer violemment en elle. Elle pouvait sentir sa concupiscence répugnante, et sut avec exactitude ce qui se préparait. Elle le vit, tenant son sexe immense à la main, s'approcher en reniflant. Son corps s'arc-bouta de terreur, elle le repoussa de toute son âme, mais rien n'y fit. Retirant son doigt, il plaça son membre monumental à l'entrée de son vagin et d'un coup de reins y fit pénétrer la moitié, puis d'un deuxième, l'entièreté. L'esprit d'Ishia s'embrasa de douleur. La lame de chair labourant son ventre d'avant en arrière, elle parvint, dans un état second,

à faire abstraction de la souffrance. La sensation de souillure en revanche était intolérable : elle voyait littéralement le plaisir abject qu'il prenait à l'avilir, à salir ce qu'elle avait de plus sacré, et le sentait monter crescendo à chaque mouvement du bassin. Plus il prenait de plaisir, et plus ça la révoltait. Elle cognait contre son esprit, le repoussant de toute son âme, mais il était trop fort, et son désir trop gros. Ils se mirent à haleter simultanément, lui de plaisir, elle de rage, de plus en plus rapidement. Au paroxysme de son plaisir, il jouit en elle, déversant sa semence immonde dans ses entrailles, et, à ce moment précis, elle sentit une faille dans sa cuirasse et poussa de toutes ses forces en grinçant des dents. Elle sentit quelque chose céder dans l'âme de son tortionnaire et s'y engouffra, y consacrant ses ultimes ressources et la force de son désespoir.

Et soudain elle fut lui. Elle vit par ses yeux la grotte et ses occupants, la fille à ses pieds, son sexe encore en elle, et toute douleur avait disparu. Elle pouvait sentir l'odeur de sa propre chair brûlée par les naseaux de ce porc immonde. Sans réfléchir plus avant, elle passa à l'action. Saisissant la machette dans les flammes elle trancha d'un geste ample la gorge de l'homme le plus proche : Celui-qui-brûle s'effondra sans avoir pu proférer un mot. Des trois restants, M'halifu fut le plus prompt à réagir : il s'élança en faisant tournoyer sa masse et lui abattit en pleine poitrine. Un horrible craquement retentit, mais Ishia n'en avait cure : elle saisit l'arme et la tira violemment vers elle, entraînant son agresseur droit sur la machette qui s'enfonça dans son ventre en grésillant. Il s'écroula. Derrière lui, la sorcière n'avait pas esquissé un mouvement, mais Kizu s'était levé et se dirigeait vers une lourde hache adossée contre le mur opposé de la grotte. Ishia, dans le corps de Mbakaji, fit basculer le lourd brasero dans sa direction, répandant les braises en plein sur lui. Le Trancheur hurla tandis qu'Ishia, profitant de ce répit, se saisissait de la hache et, d'un grand mouvement circulaire, la lui assenait en pleine bouche.

La sorcière, toujours en silence, sortit alors une main décharnée de sa manche et pointa du doigt le corps de Mbakaji qui s'avançait vers elle. L'esprit d'Ishia en fut violemment expulsé, et elle fut de nouveau dans son corps d'enfant au bord de l'agonie. La douleur la submergea, mais rassemblant ses forces, elle posa un genou à terre et se releva au prix d'un effort terrible. La sorcière s'était mise debout, le corps du violeur toujours vivant à ses pieds. Elle désigna le moribond agonisant et dit, d'une voix rocailleuse qui ne souffrait aucune contradiction :

– Tue-le.

1

Quand le carillon retentit, le commissaire Janvier n'eut aucune peine à deviner l'identité de son visiteur : depuis qu'il était à la retraite, personne d'autre ne venait le voir de toute façon.

Une plaisante complicité s'était installée entre eux suite à l'histoire de l'ornithologue : elle passait régulièrement prendre de ses nouvelles et le régaler avec des anecdotes tout droit sorties de la chambre froide. « Toutes les histoires finissent à la morgue », disait-elle souvent.

Dépliant sa carcasse, il alla ouvrir en rengainant son sourire et la vanne sur son patronyme qui lui était instantanément venue à l'esprit.

– Tiens… Van Halen, fit-il en contemplant la jeune fille d'un air pincé. Ma parole, vous déménagez ?

La légiste tenait à bout de bras une pile de cartons qui la dissimulaient presque entièrement. Sans répondre ni manifester le moindre égard pour sa personne, elle se fraya un passage jusqu'à la petite cuisine où elle balança ses colis sur la table.

– Café Alex ! dit-elle en s'activant.

Bon sang ça rigole pas aujourd'hui, pensa-t-il. Sa vieille tante Adélaïde lui avait enseigné quelques rudiments de psychologie féminine : ce fut suffisant pour comprendre qu'il valait mieux, dans ce cas précis, s'asseoir, boire un café et attendre la suite en affichant un visage ouvert et détendu. Ce qu'il fit.

Vik finit par s'asseoir en face de lui et reprit, en lui lançant un regard par-dessus les cartons :

– Alex, on part en voyage. Il faut ABSOLUMENT que tu t'aères : regarde, tu es tout gris. Tu vas finir par mourir d'ennui à rester enfermé dans cet appart.

Elle se leva, ouvrit une fenêtre et se rassit. Janvier s'était mis à examiner ses ongles.

– J'ai emprunté quelques affaires dont on pourrait avoir besoin, poursuivit-elle en ouvrant un carton. Il y a tout le nécessaire : vêtements grand-froid, lunettes infrarouges, kits de survie, rations énergétiques. On manquera de rien. Les billets d'avion sont réservés, il te reste plus qu'à préparer ton sac, c'est pas génial, ça ?

Pour le coup, le commissaire était impressionné. Elle manquait pas de culot, cette gamine, quand même… Il sortit du colis une paire de caleçons longs mauves qu'il maintint en l'air quelques secondes avant de les laisser retomber dans la boîte.

– Van Halen… Tu te foutrais pas de ma gueule par hasard ? Tu t'imagines que je vais aller chasser le phoque au pôle Nord, c'est ça ? Tu crois que je vais porter des putains de caleçons roses !? Mais enfin, t'as perdu la tête ?

Il partit d'un grand rire en se renversant sur sa chaise. La larme à l'œil, Janvier se bidonnait franchement, mais en face, Vicky, elle, ne rigolait pas du tout.

– Non Alex, je suis très sérieuse. Pour le caleçon, personne ne t'oblige : si tu préfères te geler les noix, libre à toi. Mais j'aimerais vraiment que tu viennes, j'ai besoin de toi. Tes talents vont être utiles là-bas.

Janvier leva un sourcil, mais garda le silence. Si elle voulait qu'il collabore, elle allait devoir lui donner les informations qu'elle gardait sous le coude, et elle le savait. Il était plutôt fort à ce petit jeu, et ça aussi elle le savait.

– Nous sommes officiellement invités par les flics du coin, en tant que consultants spéciaux. Ils prennent en charge billets d'avion, logement, nourriture, la totale. Tout ce qu'on a à faire, c'est partager avec eux les fruits de notre immense expérience pour les aider à résoudre leur enquête. Alors ?

Pas mal, se dit-il. Gardant le silence, il lui fit signe de continuer.

– Alex, leur affaire présente des similitudes troublantes avec celle de l'ornithologue. Le genre de choses suffisamment comparables pour que leur ordi crache directement nos noms et le dossier de notre enquête.

Nous y voilà, pensa Janvier. Avec un petit signe du doigt, il lui fit :

– Passe-moi le dossier. Le leur évidemment.

Van Halen le regarda, puis sortit de son sac une chemise cartonnée en soupirant. Elle la posa sur la table et la fit glisser vers lui.

Alex se mit à examiner soigneusement son contenu, étudiant les photographies, lisant les traductions, comparant les dates. C'était son élément, il était parfaitement à son aise.

– Bon, dit-il. Mais au fait, c'est où Narvik ?
– En Norvège, Alex. En Norvège !

2

Ils décollèrent donc le lendemain matin et, après une journée dans l'avion, une escale à Paris et une autre à Oslo, sourirent lorsque le pilote annonça le début de la descente vers Narvik, d'abord dans cette étrange langue aux accents nordiques, et ensuite dans un anglais moulé à la louche des meilleures écoles. Dans la lumière du soleil couchant, l'avion exécuta un cercle au-dessus de l'océan et se posa en douceur sur la piste verglacée. L'aéroport étant situé sur la presqu'île, à l'extrémité est de la ville, ils eurent littéralement le sentiment de se poser sur une mer de rubis, scintillante dans le crépuscule. Janvier échangea un regard éloquent avec Van Halen, songeant à la chance qu'ils avaient d'atterrir précisément à cette heure de la journée. Il réalisa bien plus tard qu'ici, à cette époque de l'année, le soleil ne se levait jamais vraiment, ni ne se couchait.

Côté terre, le spectacle était encore plus grandiose. Les montagnes dominaient le paysage ; leurs sommets, baignant dans la lumière écarlate, mordaient l'azur comme les dents d'un géant. Les lumières de la ville dévalaient la pente qui plongeait dans la mer.

Sanglé dans son uniforme impeccable, Eirik Halvorssen les attendait à la descente de l'avion. En le voyant, Janvier se sentit instantanément vieux, sale et débraillé, car Eirik était grand, large d'épaules et beau comme un demi-dieu nordique.

– Inspecteur Eirik Halvorssen, dit-il en s'avançant vers eux. Madame Van Halen, j'imagine ?

Vik saisit la main qu'il lui tendait et répondit :

– Appelez-moi Vicky s'il vous plaît, et permettez-moi de vous présenter le commissaire Janvier, fit-elle en le désignant.

Alex se fendit d'une poignée de main virile et endura une bonne seconde d'un regard franc et bleu.

– Ravi de vous rencontrer. J'espère que vous avez fait bon voyage. Si vous voulez bien me suivre, une voiture nous attend.

Vik et Alex lui emboîtèrent le pas et s'engouffrèrent dans une Volvo grand format aux couleurs de la police.

– Si vous êtes d'accord, je vais vous conduire directement à Vassdalen, où vous allez loger. C'est à une cinquantaine de kilomètres d'ici : nous aurons l'occasion de faire mieux connaissance durant le trajet. Nous dînerons là-bas.

La voiture sortit de la ville en longeant la côte par le nord. Ils passèrent bientôt devant un gigantesque chantier qui s'avançait sur les eaux. Leur conducteur expliqua :

– La route que nous empruntons relie la Suède à la Russie, en passant par le Cap Nord, mais elle doit contourner le Rombaksfjord. La construction d'un nouveau pont par-dessus l'embouchure permettra d'éviter cela.

Le paysage était mirifique. La route serpentait le long du rivage, naviguant entre les montagnes enneigées d'un côté et les eaux du fjord de l'autre. La lumière du soleil couchant renforçait le sentiment d'irréalité qui les entourait. Ils franchirent bientôt un pont suspendu et s'enfoncèrent dans les terres, grimpant à l'assaut de la montagne. La nature régnait en maître ici. À part la route, flanquée de deux grands murs de neige, on ne trouvait plus nulle trace humaine, à l'exception de temps à autre d'une construction en bois. Assis à l'arrière, Alex admirait le paysage en silence, tandis que Vicky commentait le moindre relief en poussant des cris d'admiration, bombardant leur guide de questions, lequel se prêtait au jeu bien volontiers. Ils franchirent un col, où chaque morceau de glace, chaque flocon de neige, scintillaient dans la lumière du soleil, et redescendirent dans l'ombre d'une vallée au fond de laquelle sommeillaient les eaux sombres d'un lac.

– Vassdalen, dit Eirik. La maison se trouve de l'autre côté du lac, un peu plus loin.

Des lumières proches de la berge perçaient l'obscurité, et, en se rapprochant, ils purent bientôt distinguer quelques maisons éparpillées.

– Celle du shérif se trouve un peu à l'écart. Nous y serons bientôt.

– Celle du shérif ?

– Le shérif Bjørn Olafsen, du district de Narvik. Mon supérieur. Il possède une propriété ici. Elle est inoccupée et située précisément dans le périmètre qui nous intéresse. Ça fera un excellent camp de base pour notre enquête. Il y a suffisamment de place pour loger la moitié d'un régiment !

Lorsque la Volvo stoppa devant un portail imposant, Alex comprit qu'Eirik parlait en connaissance de cause : la propriété du shérif était un ancien complexe militaire construit pendant la guerre et clos par un haut mur d'enceinte. Le bâtiment principal abritait à l'époque des dortoirs, un réfectoire et des salles de cours. À l'extérieur se trouvaient différents entrepôts, des équipements de sport rouillés enfouis sous la neige et une piste d'hélicoptère antédiluvienne balayée par les vents.

Ils dînèrent de poissons fumés, qui se révélèrent délicieux, largement arrosés d'aquavit pour se réchauffer, et allèrent se coucher de bonne heure, impatients de se mettre au travail le lendemain.

3

Perturbé par la lumière du jour, Alex fut incapable de fermer l'œil, malgré la fatigue. Au cœur de la nuit, le ciel était d'un gris sale, comme recouvert d'une neige souillée. Régulièrement, il se levait pour observer le ciel, espérant confusément que les astres reprennent leur course naturelle, mais rien n'y faisait. Les images de l'enquête le hantaient également. Des enfants décapités par une bête sauvage, un ours semblait-il… La vision de leurs corps sans tête dans la neige était glaçante. Le pire, c'est qu'ils avaient retrouvé un genre de tumulus, comme sur le toit de la Cité Administrative. Des randonneurs étaient tombés sur les têtes des gamins empilées dans un refuge de montagne. Horrible. Alex évitait généralement de repenser à l'affaire de l'ornithologue : elle recelait trop de parts d'ombres. Officiellement, l'enquête avait conclu que Korongo avait dressé une cigogne africaine pour attaquer des enfants, mais n'importe quelle personne ayant un minimum de sens commun ne pouvait que constater le ridicule de cette assertion. Toujours est-il que

Korongo mort, les meurtres avaient cessé. Rien qu'à l'idée que les mêmes événements recommençaient ici, ça lui foutait la trouille.

Au petit matin, le bruit du portail le tira de ses rêveries. Il descendit au réfectoire se servir un café et vit par la fenêtre un imposant gaillard sortir de son pick-up, habillé comme un trappeur américain, toque en fourrure et grand manteau de peau. Au vu du gabarit, Alex se demandait s'il allait pouvoir passer la porte mais, contre toute attente, le type entra, se planta sur le seuil et toisa le commissaire :

– Tiens… Vous devez certainement être le flic français qui s'appelle comme le groupe de rock. Et moi qui vous imaginais vêtu de cuir avec les cheveux longs et bouclés…

– Et vous, vous êtes qui ? Davy Crockett peut-être ?

Janvier n'appréciait guère de se faire traiter de hard-rocker, et généralement, les blagues sur Van Halen, c'est lui qui les faisait.

Le type garda un instant le silence, les poings sur les hanches, et éclata de rire :

– Davy Crockett ! Elle est culottée celle-là, comme je les aime ! Vous manquez pas de cran, vous au moins.

Il s'avança vers le commissaire en tendant la main.

– Je suis Tobias. Tobias Rasmussen.

— Alexandre Janvier, fit-il en lui serrant la main. Vous voulez un café ?

Le géant acquiesça. Ils burent leur café en silence, se jaugeant du coin de l'œil. Finalement, Tobias demanda :

— Alors, vous en pensez quoi, de l'enquête ?

— Pour l'instant, pas grand-chose, je viens juste d'arriver. Mais c'est vrai qu'elle présente des similitudes avec l'affaire française. Et vous, vous en pensez quoi ?

— Oh moi, je ne suis qu'un simple garde-forestier, vous savez. Les flics ne me disent pas tout. La seule chose dont je sois certain, c'est que les ours n'empilent pas les têtes. Un prédateur tue pour manger, pas pour s'amuser. Pour moi, c'est un homme, le coupable.

Alex acquiesça en silence. Tobias avait raison bien sûr.

— Pensez-vous qu'on puisse dresser un ours à faire ça ?

— Eh bien, pour être tout à fait franc avec vous, j'aurais dit non il y a encore quelques semaines. Aujourd'hui... je doute.

Il se leva.

— Nous en reparlerons tout à l'heure pendant la réunion. En attendant, faut que je nourrisse les animaux.

— Les animaux ?

— Oui, enfin les oiseaux, quoi. Venez, je vais vous montrer.

Janvier suivit le colosse à travers un dédale de couloirs jusqu'à un genre de sas. Tobias déverrouilla la première porte et lui lança :
– Vous êtes prêt ?
Passant la tête dans l'entrebâillement, Alex découvrit une ancienne salle de classe reconvertie en volière. Une bonne centaine de volatiles divers s'y ébattaient en toute liberté.
Janvier fit un pas en arrière : il ne portait pas trop les oiseaux dans son cœur depuis les événements de l'année passée.
– C'est quoi, ça ? fit-il.
– La marotte du shérif Olafsen. Il recueille toutes sortes d'oiseaux ici, les soigne et les nourrit. Quand il n'a pas le temps comme aujourd'hui, je viens leur donner à boire et à manger.
Dès que ce fut fait, il annonça :
– Je file à Bjerkvik, c'est là-bas qu'aura lieu la réunion. Venez avec moi si ça vous tente, c'est au bord de l'Ofotfjord et je connais une cahute qui sert le meilleur frokost du coin ! Ça vaudra mieux que de rester dans ce trou à attendre que les autres se réveillent.
Janvier, qui n'avait aucune idée de ce que pouvait bien être du « frokost », n'était pas contre le fait d'aller faire un tour avec le vieux trappeur.
– Pourquoi pas ? Cet endroit me fout les jetons de toute façon. Allons faire un tour.
– À la bonne heure ! Prenez des affaires pour le froid, le shérif m'a laissé entendre que nous irions

en montagne cette après-midi. Je vous attends dehors.

Alex laissa un message à Vicky, prit son paquetage et rejoignit Tobias à l'extérieur. La lumière était toujours aussi lugubre, même si la teinte avait légèrement changé. En revanche, il faisait nettement plus froid. Le vent et la neige leur fouettaient le visage avec acharnement, comme animés d'une rancœur personnelle. Alex ne se fit pas prier pour grimper dans l'habitacle, qui était agréablement tiède en comparaison.

– Vous avez réellement l'intention de faire une balade en montagne aujourd'hui ?

– On verra. Le temps devrait se lever en fin de matinée si tout va bien.

Le commissaire se régalait de la pittoresque décoration du pick-up, avec le volant en fourrure, l'horrible troll suspendu au rétroviseur, le fusil de chasse accroché à l'arrière et autres bibelots.

– Ça vous plait ? Vous savez, ici les flics ne sont pas armés, fit Tobias en désignant le fusil. Alors quand les gens voient ça…

Alex n'était pas sûr qu'il ait besoin d'une arme pour impressionner les paysans du coin, mais il s'abstint de tout commentaire. Tobias mit le contact, fit ronronner exagérément le moteur et engagea le pick-up sur la route enneigée.

L'élan était sorti du bas-côté et avait déplacé nonchalamment ses six cents kilos de viande sur la route. Le pick-up lui faucha les jambes à pleine vitesse tandis que l'animal s'enfonçait violemment à travers le pare-brise, directement sur les deux passagers. Le véhicule glissa sur l'accotement et bascula dans le vide. Il rebondit une fois et, quelques tonneaux plus tard, finit sa course contre un arbre, brutalement.

4

Vicky entra dans le réfectoire, encore à moitié endormie. Elle avisa Eirik, le jeune flic norvégien qui leur servait de guide, et vint s'asseoir près de lui. Sans être attirée par lui, elle trouvait sa compagnie agréable : il était beau, fort, sympathique, tout pour plaire quoi. Vicky en connaissait personnellement plus d'une qui se serait pâmée à ses pieds.

– La réunion avec le shérif Olafsen et le reste de l'équipe est dans une heure. Vous avez juste le temps d'avaler une tartine. Le commissaire Janvier est déjà sur place, il vous a laissé un message, expliqua-t-il en lui tendant une feuille de papier.

Dommage qu'il soit si froid, se dit-elle. Elle avala son petit déjeuner et fit remarquer :

– Il y a un problème avec le soleil, non ? Le jour ne se lève pas ici ?

– Pas à cette époque-là de l'année. Il y aura un pic de luminosité vers midi, mais ça va rester très sombre toute la journée. On s'y fait, vous verrez, dit-il en souriant. Je vous attends dehors, Vicky, ne traînez pas.

Elle venait de franchir la porte avec tout son barda quand elle vit l'ours arriver au petit trot par le portail ouvert. Il était massif, beaucoup plus qu'un homme, mais étonnamment leste quand même. Eirik tournait le dos à l'entrée de la résidence, aussi ne vit-il pas l'animal charger derrière lui. Vicky cria le plus fort qu'elle put, mais c'était trop tard : Eirik se retourna au moment où l'animal lui sautait dessus. Perdant l'équilibre, il tenta un instant de reprendre l'ascendant, mais l'ours le saisit à la gorge et les jeux furent faits rapidement. Tétanisée par la surprise, Vicky assista, impuissante, à la fin du policier.

— Oh non, putain, c'est pas possible, je rêve…

Les yeux écarquillés et la main devant la bouche, elle était sous le choc, incapable de faire un geste. Mais quand l'ours releva sa gueule pleine de sang, la fixa droit dans les yeux et s'avança dans sa direction, Vicky laissa soudain tomber ses affaires sur le palier, fit volte-face et retourna prestement dans la maison en claquant la porte derrière elle. Le souffle court, elle s'adossa au chambranle un moment. En temps normal, elle avait le cœur plutôt bien accroché, mais là, ça n'allait pas très fort : elle avait un goût de bile dans la bouche et des étoiles qui dansaient devant les yeux.

Le vacarme que fit l'ours en cognant contre la porte manqua la faire défaillir. Le cœur battant à tout rompre, elle fit un bond pour s'éloigner, persuadée qu'il allait passer à travers la porte, mais fort heureusement, celle-ci était d'excellente qualité et ne céderait pas si facilement. Reprenant son souffle, Vik tentait de rassembler ses esprits : il fallait qu'elle prévienne les secours et plutôt rapidement si possible. Soudain, un fracas de verre brisé venant du réfectoire interrompit ses réflexions. Vicky fila vers les escaliers sans demander son reste, tandis que derrière elle retentissait le bruit de tables et de chaises volant en éclats. Arrivée à mi-hauteur, elle vit l'ours débouler à l'autre bout du hall en grondant. Le maudit animal avait dû défoncer une fenêtre ! Vicky gravit le reste des marches quatre à quatre, et se précipita dans sa chambre où elle barricada la porte du mieux qu'elle put. Reculant le plus possible, elle se saisit d'une chaise, décidée à vendre chèrement sa vie si le besoin s'en faisait sentir. Retenant sa respiration, elle entendit la bête s'approcher tout près, grogner et gratter le panneau de bois, puis, après un moment d'hésitation interminable, finir par s'en aller en redescendant les escaliers. Les mains toujours crispées sur les pieds de la chaise, Vicky tomba à même le sol et, secouée de sanglots, laissa finalement les larmes couler sur ses joues.

5

Il avait froid et se sentait bizarrement oppressé au niveau de la poitrine. Chaque respiration lui coûtait un effort anormal et le glaçait jusqu'aux os, le faisant frissonner de la tête aux pieds. Il entendait le vent souffler impitoyablement son air gelé, et de temps à autre un drôle de halètement étrange. Ouvrant les yeux, tout lui revint d'un bloc : Tobias, l'accident, les tonneaux, et puis plus rien.

Bon sang...

Tout d'abord, le commissaire ne savait pas trop dans quel sens il se trouvait, où étaient le haut et le bas, ni quelle était cette lourde masse poilue qui l'écrasait. Il avait l'impression d'avoir la tête en bas, et voyait tout contre son visage un amoncellement de vitre brisée et de neige, c'était tout. Il se sentait complètement bloqué, incapable du moindre mouvement, à l'exception de son bras gauche, alors il glissa sa main sous sa joue et poussa, histoire de se dégager un peu. Le pick-up était couché sur le flanc, côté passager, c'est-à-dire là où il se trouvait, réalisa-t-il en tournant un peu la tête, et il avait le cul d'un gigantesque animal posé sur lui. Ça gigotait pas mal à sa gauche, Alex entendait toujours ce bruit bizarre, on aurait dit une respiration, ou un grognement par moments, sans qu'il puisse toutefois distinguer de quoi il s'agissait.

– Tobias ? Tobias, t'es là ?

Pas de réponse. Poussant encore un peu plus fort, il tenta de se dégager mais la bête pesait le poids d'un âne mort, c'était le cas de le dire. Ça le fit rigoler un instant, puis ça l'énerva d'être coincé ainsi, alors il se mit à se tordre dans tous les sens en grinçant des dents. Bon sang qu'il était lourd, ce con d'animal ! Ses efforts furent vains, sa position devint simplement un peu plus inconfortable et il laissa retomber sa tête sur le sol gelé, épuisé. Le froid de la neige lui brûlait la joue, aidé probablement par quelques éclats de pare-brise. À l'aveuglette, il commença à chercher avec son bras gauche quelque chose d'utile ou une prise pour s'agripper, quand sa main rencontra le canon froid du fusil de Tobias. En tirant dessus, il parvint à le détacher de son support et entreprit de le glisser sous le corps de l'animal, l'idée étant de s'en servir comme levier, en priant pour que le coup ne parte pas sous peine de connaître une fin extrêmement stupide. Il ne savait même pas si le fusil était chargé ni si le cran de sûreté était enclenché. Après plusieurs minutes d'efforts, il réussit à positionner l'arme correctement et poussa dessus de toutes ses forces. Ça marchait : il put replier ses jambes sous lui, se redresser un peu et libérer son bras tout ankylosé. Le spectacle qu'il découvrit de l'autre côté de l'habitacle lui glaça le sang. Retenu par sa ceinture de sécurité, Tobias pendait lamentablement, les bois de l'élan mort lui traversant la poitrine. Mais la véritable raison de l'effroi du commissaire n'était pas là : des morts, il en avait vu plus qu'il n'en fallait. Il fut en revanche littéralement pétrifié par les deux prunelles dorées qui le fixaient depuis l'extrémité de la cabine, prunelles surmontant une gueule aux crocs féroces, et un museau aux poils gris et ensanglantés. Un loup affamé faisait son dîner de l'encolure du grand cervidé et l'aurait probablement aussi mis au menu s'il avait pu accéder jusqu'à lui. Alex réagit promptement : il fit glisser le canon du fusil aussi près que possible de la gueule du loup et fit feu. La détonation fut assourdissante, et le silence qui s'ensuivit aurait été parfait s'il n'avait été troublé par des hurlements clairement reconnaissables : le loup n'était pas seul, réalisa Janvier avec horreur, il y avait ses potes aussi…

Sans perdre de temps, le commissaire se redressa du mieux qu'il put et décrocha la ceinture du trappeur afin de se dégager un passage. Le corps de Tobias glissa vers le bas, libérant juste assez d'espace pour que Janvier puisse se hisser à l'extérieur. Il se retrouva à quatre pattes sur la portière glacée du pick-up, soulagé d'être à l'air libre, et atterré par le spectacle qui s'offrait à lui. Une petite dizaine de loups convergeaient vers le véhicule, le plus proche bondissant déjà vers lui, la gueule grande ouverte. L'animal fut heureusement incapable de se stabiliser sur le véhicule et retomba dans la neige. Un deuxième tenta sa chance aussitôt après et fut cueilli au vol par la botte de Janvier, qui faillit perdre l'équilibre dans la manœuvre. Il fallait qu'il soit plus prudent : s'il tombait dans la neige, c'en serait fait de lui. Le troisième loup se montra plus circonspect. Il grimpa avec adresse sur l'arrière du véhicule et resta prudemment à distance tandis que ses congénères se rapprochaient par les côtés. Janvier vit venir le moment où ils lui sauteraient tous dessus en même temps, aussi mit-il en joue l'animal le plus proche et tira sa dernière cartouche. Il utilisa ce précieux répit pour faire volte-face et grimper à toute allure dans l'arbre contre lequel le pick-up s'était encastré. Le choc avec le véhicule l'avait sérieusement fait pencher, facilitant ainsi l'escalade, mais pas suffisamment toutefois pour que les loups puissent le suivre. Ayant atteint une certaine hauteur, il s'assit à califourchon sur une branche, serra le tronc comme si c'était sa première conquête et laissa les battements de son cœur ralentir. Bon Dieu, il l'avait échappé belle…

Rouvrant les yeux, il fit un rapide inventaire de ses options tout en surveillant la meute qui se rassemblait au pied de l'arbre. Ils devaient être une bonne dizaine maintenant et d'autres continuaient d'affluer. Le résultat de son analyse fut sans appel : à moins qu'on ne le retrouve d'ici là, il allait geler sur place. Pas de gants, ni de bonnet, il sentait le froid mortel s'insinuer sous ses vêtements trop légers. La majeure partie de son équipement se trouvait dans son sac à dos à l'arrière du pick-up. Alex se mit à le chercher des yeux et ne tarda pas à le retrouver, un peu plus haut sur la pente, à moitié enfoncé dans la neige. Le problème, ce serait d'y aller et de revenir en un seul morceau… Il lui fallait un plan et vite. Malheureusement, il n'en vit aucun qui lui évitait de descendre de son arbre, si bien qu'après quelques secondes de réflexion, il retira son pull en se pinçant les lèvres, l'attacha à une extrémité du fusil puis, jouant le tout pour le tout, y mit le feu du mieux qu'il put à l'aide de son vieux briquet Zippo. Le commissaire respira un grand coup, poussa le cri de guerre de sa vie et sauta à pieds joints sur le pick-up en produisant le plus de bruit possible. Faisant tournoyer son arme en flammes, il bondit aussi loin qu'il put en direction du sac à dos et l'abattit en plein sur la tête du loup le plus proche. La pauvre bête détala sans demander son reste. Il n'avait plus que trois ou quatre mètres à parcourir mais il restait encore un loup à éliminer dans l'intervalle. Vociférant de plus belle, il courut dans sa direction, espérant sans doute l'impressionner, mais le résultat fut mitigé : l'animal se mit à grogner férocement et sauta sur lui toutes griffes dehors. Pris de court, Alex se protégea avec son arme fumante, que l'autre saisit dans sa gueule et se mit à secouer dans tous les sens. Alex lui abandonna le fusil et, continuant sur son élan, arriva bientôt au niveau du sac. Le reste de la meute convergeait déjà vers lui, alors il s'empara de ses affaires et fit demi-tour à toute vitesse. Le loup qui lui avait arraché le fusil s'acharnait toujours sur l'arme en lui tournant le dos et bien mal lui en prit car Janvier, lui saisissant la queue, le fit décoller du sol d'un grand mouvement circulaire. La bête essaya bien de mordre son attaquant mais la force centrifuge l'en empêchait : Janvier le faisait tournoyer en ahanant comme un bûcheron, tenant les autres loups à distance, et se rapprochant peu à peu de son arbre. Le plus téméraire d'entre eux bondit dans son dos, faisant claquer sa mâchoire à quelques centimètres de son visage. Sous le choc, Alex perdit l'équilibre et tomba à la renverse dans la neige. Tous deux dévalèrent la pente en gesticulant, chacun essayant de saisir l'autre à la gorge, et finirent par buter contre la carrosserie du pick-up. Janvier prit la tête de l'animal à pleines mains et l'écrasa contre un angle du véhicule, puis, sans attendre de savoir s'il était assommé ou pas, il posa une botte sur sa tête et sauta au sommet de la voiture, déjà suivi par trois ou quatre autres loups. Il se jeta sur l'arbre et se mit à grimper frénétiquement, tandis que le plus rapide mordait déjà son sac à dos. Alors que Janvier se libérait d'une ruade, un deuxième saisit une de ses bottes dans sa gueule : ça lui fit un mal de chien, mais saturé d'adrénaline, il continua de monter encore, se mettant hors de portée des autres avant de secouer son pied de toutes ses forces. Le loup tenait bon : Alex finit par ouvrir l'attache de la botte, laissant l'animal retomber avec son butin, mais sans son pied.

– Alors les p'tits connards ? gueula-t-il avec sa chaussette à l'air. C'est qui le meilleur ?

Janvier braillait en remontant dans son arbre, pestant sur les animaux rassemblés en bas.

– TAS DE MERDE ! ENCULÉS !!!

Sur sa branche, le commissaire Janvier semblait fâché pour de bon, et ça, c'était pas de très bon augure.

6

Vicky prit son temps avant de passer à l'action : elle commença par rester assise sans bouger, à l'affût du moindre bruit extérieur, fit quelques exercices de respiration et tâcha de visualiser mentalement l'ancienne caserne. Il lui fallait trouver un téléphone pour appeler les secours, ou éventuellement un moyen de locomotion. Il y avait la Volvo d'Eirik dehors, mais le diable savait où se trouvaient les clés et elle ne se sentait pas prête à les chercher dans la neige avec un ours enragé dans les parages. Eirik avait parlé de scooters des neiges aussi…

Une arme pouvait représenter un sacré bonus, car indéniablement elle ne ferait pas le poids à mains nues contre un ours. Son oncle Tsutomu, un ancien de la police japonaise, lui avait patiemment enseigné des techniques de combat particulièrement efficaces, mais l'animal était trop rapide, trop fort et trop résistant pour qu'elle puisse l'affronter. Se relevant, elle se dirigea vers la fenêtre et décrocha la tringle à rideau. Elle était en bois plein, longue d'environ deux mètres, et pouvait constituer une arme redoutable. Du moins face à un homme…

Elle resta aux aguets encore quelques instants, dégagea précautionneusement sa porte et risqua un œil sur le palier. Pas la moindre trace d'une bête sauvage. Elle continua à progresser en silence, son bâton fermement tenu devant elle, et explora le reste de l'étage. Lorsqu'elle fut certaine que l'ours ne s'y trouvait pas, elle tira une grande armoire et barra l'escalier. Elle venait d'agrandir son espace vital.

Vicky procéda de la même façon au rez-de-chaussée et, deux heures plus tard, après avoir barricadé les portes et fermé les volets, elle fut soulagée d'avoir sécurisé une large zone comprenant le hall et le réfectoire. En revanche, elle commençait à s'inquiéter sérieusement de n'avoir aucune nouvelle de Janvier. Sous ses dehors un peu rustres, le vieux commissaire la traitait comme sa fille et il aurait déjà dû remuer ciel et terre depuis longtemps en ne la voyant pas arriver à la réunion. Elle en était là de ses réflexions lorsque le carillon de la porte d'entrée la fit sursauter. Elle resta quelques instants interdite avant d'aller voir à la caméra de l'interphone. Devant la porte se tenait un policier massif, armé et visiblement nerveux.

– Oui ? fit-elle comme si de rien n'était.
– Vicky Van Halen ?
– Qui la demande, s'il vous plaît ?

– Shérif Bjørn Olafsen, madame. Veuillez m'ouvrir la porte.

– Montrez-moi votre carte, shérif, et je vous ouvre.

– Écoutez, vous êtes chez moi ici, répliqua l'autre, agacé. L'inspecteur Halvorssen est-il avec vous ?

– L'inspecteur Halvorssen est mort shérif, vous n'avez pas vu son cadavre en arrivant ? Votre carte.

Le shérif souffla bruyamment, sortit sa carte de police et la présenta à l'objectif de la caméra.

– Voilà, je peux rentrer maintenant ?

Vicky retira la poutre qui barrait la porte et laissa entrer le shérif. Casquette vissée sur la tête, Olafsen accusait son âge et avait les traits si fatigués qu'on aurait juré qu'il n'avait pas dormi depuis plusieurs nuits. Il portait en bandoulière un pistolet-mitrailleur MP5, qui avait l'air minuscule sur lui, et un imposant couteau de chasse à sa ceinture. La toisant des pieds à la tête, il finit par lui lancer d'un air narquois :

– Hum... je vous voyais plus grande. La perche là, c'est pour sauter plus haut[1] ?

La dernière chose à laquelle s'attendait Vicky, c'était de se faire vanner sur son nom dans des circonstances pareilles. Elle regarda sa tringle à rideau et se demanda si elle n'allait pas la lui mettre dans la figure.

– Et vous, je vous croyais plus drôle, shérif, rétorqua-t-elle.

Mais avant qu'elle ne puisse poursuivre, il leva les mains en signe de paix :

– Allons allons, je plaisantais. Ne vous fâchez pas, s'il vous plaît. Suivez-moi, je vais vous montrer quelque chose d'intéressant, et vous pourrez me raconter ce qui est arrivé en attendant que les autres nous rejoignent.

Il déverrouilla une porte, s'enfonçant dans une partie du bâtiment que Vicky ne connaissait pas. Ils longèrent plusieurs couloirs et arrivèrent bientôt devant un petit bureau d'aspect peu reluisant. Le shérif l'invita à prendre place et, lorsqu'elle fut installée, il sortit discrètement la matraque télescopique dont il était équipé et l'assomma proprement. Vicky tomba de sa chaise, inconsciente, sans même comprendre ce qui lui était arrivé.

---

[1] Allusion au célèbre hit du groupe de rock Van Halen, *Jump*.

7

Perché dans l'arbre, Janvier explorait le contenu du sac à dos en surveillant du coin de l'œil la meute de loups rassemblés en bas. Ils devaient pas être loin d'une centaine à présent, c'était impressionnant.

– Y'a toute la famille là, hein ? Les oncles, les cousins, tout le monde est là, vous êtes sûrs ? Allez donc voir ailleurs si j'y suis, bande de pingouins !

Le commissaire les agonissait d'insultes régulièrement, vexé d'être ainsi pris au piège dans un arbre par ces stupides animaux, et d'avoir failli y rester aussi. Il s'en était pas fallu de grand-chose : les restes du pauvre Tobias et de l'élan étaient là pour en témoigner. Les loups, faisant preuve d'un étonnant sens pratique, avaient sorti du véhicule le cadavre du cervidé pour que tout le monde puisse avoir sa part. Janvier, tout congelé qu'il était, s'arrêta une seconde pour observer leur manège. Au lieu de se ruer tous sur la carcasse, ils avaient mis en place une sorte de roulement, de manière à ce qu'ils puissent tous becqueter un petit peu chacun leur tour. L'attention du commissaire fut attirée par un autre phénomène étrange : bizarrement, alors qu'ils avaient dévoré leurs propres congénères abattus par Janvier, ils ne touchaient pas au cadavre de Tobias, qui représentait pourtant à lui seul plusieurs quintaux de bifteck.

– Alors quoi, les copains ? Il est pas à votre goût, mon pote Tobias ?

Le commissaire reporta son attention sur le contenu du sac. En sortant un anorak polaire garni de plumes, il faillit verser une larme de reconnaissance.

– Putain Vicky, t'as assuré !

Alors qu'il était seul, perdu dans un pays inconnu et cerné par les loups, il remercia le ciel d'avoir une amie pareille, et pria pour qu'il ne lui soit rien arrivé. Elle devait certainement être morte d'inquiétude de ne pas l'avoir retrouvé à la réunion avec le shérif.

Il sortit toutes sortes de vêtements du sac : des moufles fourrées, ainsi qu'un bonnet à oreilles, des sous-gants et des sous-chaussettes en soie, une paire de bottes fourrées elles aussi, des grosses chaussettes molletonnées, un pull qui avait dû nécessiter la laine d'un mouton entier, un maillot de corps thermique, les fameux caleçons longs roses, une cagoule, des lunettes de ski, et encore d'autres fournitures mystérieuses... Le commissaire, après s'être désapé en grommelant et en lâchant une bordée d'injures toutes fraîches sur la meute d'en bas, enfila le tout sans exception, en superposant les couches. Des petits patchs chauffants, pour les mains et les pieds, lui donnèrent un aperçu de ce que pouvait être le bonheur véritable. Il doubla la dose.

Il trouva aussi toute la panoplie du parfait randonneur : une trousse de secours, un couteau suisse, un réchaud avec une bouteille d'essence à combustion lente, une couverture de survie et des rations lyophilisées.

– Le pied, putain ! Le pied ! hurla-t-il.

Janvier avait toujours détesté tous ces trucs. Il haïssait tous ces connards qui marchaient dans la forêt avec des bâtons de ski, les pros de la survie, ou encore ceux qui faisaient du vélo en combinaison fluo.

Il passa un long moment à étudier soigneusement tous les modes d'emploi et toutes les étiquettes, en particulier celle d'un pot rempli d'une substance graisseuse, dont il se demandait s'il fallait la manger ou s'en tartiner le cul. On pouvait lire dessus : « Egyptian Magic, the Ancient Egyptians Secret », et c'était fait à base d'huile d'olive, de miel et de cire d'abeille. Vicky se foutait joliment de sa gueule, ça ne faisait pas l'ombre d'un doute.

Le commissaire rabattit son masque de ski, s'emmitoufla dans la couverture de survie métallisée, et se prépara à attendre les secours. En dégrafant une sangle du sac à dos et en la faisant passer autour d'une branche, il s'était confectionné un siège relativement confortable. Adossé contre le tronc de l'arbre, il tournait le dos à la ravine qui plongeait à pic vers un petit cours d'eau situé une cinquantaine de mètres plus bas, et guettait le haut de la pente, là où se trouvait la route. Malheureusement, il était invisible depuis celle-ci et le temps jouait contre lui : la neige tombait dru et recouvrirait bientôt les traces de pneus sur la chaussée, si ce n'était déjà fait. De toute façon, on n'y voyait pas à trois mètres et un automobiliste qui passerait à cet endroit n'aurait que peu de chances de remarquer quelque chose d'insolite. Janvier n'en guettait pas moins le moindre bruit avec anxiété. Il supposait que sitôt la réunion terminée, autrement dit dans pas très longtemps, n'ayant toujours pas de nouvelles de lui et Tobias, ses collègues entameraient des recherches et commenceraient à retracer l'itinéraire qu'ils avaient parcouru.

    Mais les heures passèrent, et l'après-midi s'écoula sans qu'il ne vît personne. De temps à autre, il entendait le bruit d'une voiture qui passait sur la route, alors il criait au secours à s'en déchirer les cordes vocales, mais en vain : personne ne s'arrêta, ni même ne ralentit. Le soir vint doucement, et la température baissa fortement. Janvier remplaça ses chaufferettes, se préparant à affronter une nuit dehors. Sortant le réchaud, il fit fondre une petite quantité de neige prélevée sur l'arbre et se prépara un succédané de repas : la mixture qu'il obtint, outrageusement appelée parmentier de poisson, lui fit un bien fou, chassant un peu de la fatigue et du froid qui engourdissait ses membres.

Son passe-temps favori consistait à observer la population de loups qui eux-mêmes l'observaient depuis le sol. À force d'étudier leur comportement, une certitude naquit dans son esprit : il y avait un problème avec ces loups. Janvier n'y connaissait rien, mais il en savait suffisamment pour être certain que jamais une meute de loups ne se comporterait de la sorte. D'abord, il y avait l'histoire de Tobias : pourquoi ne l'avaient-ils pas dévoré, alors qu'ils avaient mangé deux des leurs ? Et depuis quand les loups étaient-ils cannibales ? Ensuite, ils étaient trop nombreux : si des meutes pareilles se trimballaient dans la nature et chassaient le promeneur, ça se saurait quand même, non ? Il y avait autre chose, et le commissaire mit un moment avant de comprendre : ils étaient bien trop policés. Pas d'altercations entre eux, pas d'aboiements, rien. Ils restaient sagement assis le cul dans la neige à le regarder comme s'il était le messie des loups tout juste tombé du ciel dans un arbre. Et ça depuis des heures. Et la manière dont ils s'étaient partagé l'élan aussi... Tout ça était très bizarre.

Son esprit logique reprenait le dessus et commençait tout doucement à assembler les pièces du puzzle. Quelqu'un ou quelque chose était capable d'influencer le comportement de ces animaux. Et si c'était possible avec des loups, c'était aussi possible avec un ours et pourquoi pas avec un oiseau. Tout doucement, une certitude faisait son chemin dans son esprit : les deux affaires étaient bien liées. Korongo faisait partie d'une bande d'assassins qui avait trouvé le moyen de contrôler des animaux et qui perpétrait des meurtres particulièrement atroces. Une idée lui vint et lui fit froid dans le dos : et si l'élan qu'ils avaient percuté n'était pas venu là par hasard ? Et si c'était un piège ? Janvier réfléchissait à toute allure. Si son accident était prémédité, il était probable que le commanditaire visait aussi Vicky, qui aurait dû être dans la voiture avec lui. Mais qui donc aurait pu vouloir les tuer ? Ils ne connaissaient personne ici... Tobias ? Pas logique, il était mort. Le jeune inspecteur Eirik ? Hum... Improbable : il aurait dû se trouver dans la voiture aussi. Le shérif Olafsen alors ? Lui faisait un bon candidat. Sa position lui donnait les moyens d'organiser un truc pareil, et c'est lui qui avait planifié leur venue. Vu sous cet angle d'ailleurs, il était étonnant que la police norvégienne fasse venir à grands frais un vieux flic à la retraite et un médecin légiste français. C'était n'importe quoi quand on y réfléchissait ! Oh, et c'était aussi le shérif Olafsen qui les logeait, dans cette ancienne caserne isolée sur la montagne. Soudain, Janvier se souvint de la pièce avec tous les oiseaux. Nom de Dieu ! Vicky était en danger !

8

Lorsqu'elle reprit conscience, elle était seule et toujours dans la même pièce. Son poignet droit était attaché au tuyau du radiateur à l'aide d'une paire de menottes. Elle essaya d'appeler au secours et de tirer dessus pour se libérer mais seul le silence lui répondit et l'installation était solide. Son bâton aurait pu lui être utile mais il était beaucoup trop loin. Elle demeura donc assise tranquillement pendant ce qui lui parut être une éternité, en réfléchissant aux options fort limitées qui lui restaient et au meilleur moyen de survivre au vu des circonstances. Elle s'inquiétait également pour Janvier, espérant qu'il ne soit pas tombé dans un traquenard lui aussi.

Finalement, Olafsen revint au petit matin, son couteau de chasse à la main. Sortant la clé des menottes de sa poche, il lui souleva le menton de la pointe de la lame et fit :

– Van Halen, si tu bouges, t'es morte, c'est bien compris ?

Vicky acquiesça, suivant ses mouvements avec attention. Lorsqu'il mit la clé dans la menotte, elle lui saisit le poignet de sa main attachée et, exploitant au maximum sa capacité de mouvement, lui imprima une forte torsion vers l'extérieur. Bloquant son coude de l'autre main, elle poussa dans le sens inverse d'un geste sec, lui brisant le poignet net. Technique *Tai-Ho-Jutsu*, simple et efficace. Olafsen poussa un cri aigu qui s'interrompit brutalement lorsque, de sa main libre, Vicky le plaqua violemment au sol en le tenant par la nuque. Récupérant la clé des menottes, elle libéra sa main et mit celle du shérif à la place, puis, voyant qu'il reprenait ses esprits, elle poussa un grand cri et lui asséna un coup de genou pleine face. *Hilisui-geri*. Du bon vieux karaté : il avait son compte pour un moment.

Vicky se précipita hors de la pièce et courut droit devant elle. Après plusieurs portes, elle finit par débouler dans une vaste salle remplie d'oiseaux qui piaillaient tous dans le plus grand désordre. Elle fut tellement surprise qu'elle faillit en perdre l'équilibre. Il devait y en avoir une centaine au minimum, si ce n'est plus : le vacarme était impressionnant. Vicky fit marche arrière, le cœur battant la chamade, incapable de détacher son regard des oiseaux qui s'enfuyaient à tire-d'aile par la porte ouverte. Elle nota qu'ils partaient tous dans la même direction et décida de les suivre. Ils la menèrent non loin, à l'entrée d'un grand gymnase dont elle poussa les portes en grand. Elle se tenait à l'entrée d'une immense pièce, probablement un ancien gymnase, où étaient alignées des rangées de lits de camp, et Vicky, en s'approchant, constata avec effroi qu'ils étaient tous occupés : des dizaines de corps se trouvaient là, recouverts par des draps.

– Mais bon sang, il se passe quoi ici ? chuchota-t-elle en découvrant le lit le plus proche sur lequel gisait un homme, si parfaitement immobile qu'on l'aurait cru endormi.

À première vue, Vicky ne décelait rien de particulier, si ce n'est une perfusion qui reliait son bras à une poche de liquide incolore, et un bandeau qui lui ceignait la tête, alimenté par un boîtier électrique. Elle inspecta rapidement les lits environnants et trouva d'autres hommes et femmes, tous perfusés et munis de bandeaux sur le front, plongés dans un profond sommeil. Quelque chose la tracassait cependant : elle ne distinguait aucun signe vital apparent, pas de respiration, pas de mouvements oculaires, rien. Sa formation de médecin prit le dessus : elle approfondit son examen, multipliant les observations, et finit par conclure qu'ils étaient dans une sorte de stase. Leur cœur battait à environ une pulsation par minute ; la respiration et toutes les fonctions vitales ralenties au maximum. On aurait dit qu'ils hibernaient... Vicky resta interdite. Ce n'était pas la première fois qu'elle assistait à un phénomène pareil. Elle avait participé à des séances d'hypnose collectives plutôt élaborées et son oncle lui parlait souvent de yogis capables de prouesses extraordinaires, mais ça n'avait rien à voir avec quelque chose d'aussi abouti. Et qui donc étaient tous ces gens ? Ils sortaient d'où ?

Suivant son instinct, elle s'approcha de l'homme sur le lit, retira sa perfusion et enleva son bandeau. Elle patienta quelques minutes, mais ses attentes furent déçues : il ne se passa absolument rien, si ce n'est qu'un étourneau vint se poser tranquillement sur le pied du lit. Levant les yeux, elle vit que les oiseaux avaient colonisé la structure du plafond et qu'ils observaient la scène d'en haut dans un calme attentif. Étrangement, le seul qui était descendu était l'étourneau posé sur le lit du type qu'elle avait débranché. Ça non plus, c'était pas normal. Le comportement des oiseaux, tous ces hommes endormis, le shérif qui l'agresse, rien de tout ça n'était normal. Vicky commençait à avoir peur pour de vrai. Soudain, elle crut voir la poitrine du type se soulever imperceptiblement. En l'auscultant plus attentivement, elle se rendit compte que son pouls et sa respiration revenaient tout doucement à la normale. Dès qu'elle fut sûre de son fait, Vicky débrancha le cobaye suivant et passa bientôt de lit en lit, répétant l'opération aussi vite que possible. Elle ne savait pas exactement ce qu'elle faisait mais partait du principe que si ça contrariait les plans du shérif, c'était forcément positif. Les oiseaux quittaient leurs perchoirs les uns après les autres et, quand Vicky fut de retour auprès du premier homme qu'elle avait débranché, elle put constater que le plafond du gymnase s'était entièrement vidé. Chaque lit avait désormais son oiseau, c'était totalement étrange. Le premier patient ouvrit soudainement les yeux et se mit à se contorsionner en grognant. Vicky se précipita pour l'aider, mais en voyant son visage, elle recula aussitôt : les yeux écarquillés, un rictus crispé dévoilant ses dents et la bave aux lèvres, il avait l'air d'une bête sauvage. Renversant son lit de camp, il tomba au sol et se carapata à quatre pattes aussi loin qu'il put. Un deuxième malade, une femme cette fois, ne tarda pas à donner des signes d'activité, puis un troisième. La femme resta un temps accroupie à se lécher les mains, puis voyant le troisième remuer, elle lui bondit dessus. S'ensuivit une bataille qui aurait été grotesque si l'un des deux n'avait réussi à mordre l'autre à la gorge comme l'aurait fait un fauve. Le sang gicla. Quand elle vit que les corps reprenaient vie les uns après les autres et qu'ils présentaient tous les mêmes signes, des fous furieux sans une once de raison, Vicky recula le plus possible et prit ses jambes à son cou. Les premiers réveillés se livraient à une horrible bataille à mains nues.

Les battants de la porte s'ouvrirent brusquement et une silhouette se dessina sur le seuil, faisant gravir à Vicky un palier supplémentaire dans l'horreur : le shérif Olafsen se tenait là, serrant dans sa main gauche le grand couteau de chasse maculé de sang. De son nez éclaté avait coulé un flot d'hémoglobine qui recouvrait le bas de son visage et la majeure partie de son torse, et de sa main droite, il ne restait qu'un moignon sanguinolent. Le forcené avait certainement amputé plusieurs doigts, dont le pouce, pour se libérer de la menotte. Vicky poussa un cri d'effroi en le voyant. Il tourna aussitôt la tête vers elle et s'élança dans sa direction. Elle prit la fuite au milieu des lits de camp, bondissant par-dessus et slalomant entre les malades qui étaient manifestement partis pour s'entre-tuer. Quelques-uns commencèrent à la suivre, et l'un d'entre eux se jeta soudain dans ses jambes, la faisant trébucher. Ce fut la ruée : elle fut bientôt aux prises avec plusieurs individus, jouant des pieds et des mains pour ne pas se laisser submerger. Son agilité naturelle lui permettait d'esquiver au maximum les attaques et de se glisser entre les assaillants, distribuant au passage des coups dévastateurs dont, heureusement, peu se relevaient. Un reflet, aperçu du coin de l'œil, lui permit de passer sous la lame du shérif et, saisissant l'occasion, elle le fit basculer par-dessus son épaule, le projetant au milieu d'un groupe de créatures fraîchement réveillées qui fondirent sur lui. Vicky ne resta pas assister au spectacle : l'abandonnant à son sort, elle tourna les talons et s'enfuit à toutes jambes. Sortant dans le couloir, la jeune femme avisa une chaise, qu'elle glissa dans les barres de la porte, condamnant ainsi l'issue. Les autres à l'intérieur n'avaient qu'à s'entre-dévorer sans elle.

9

Les premières lueurs de l'aube trouvèrent un commissaire perclus de courbatures, glacé au point de ne plus sentir le bout de ses doigts, mais plus que le froid ou l'inconfort, c'est l'angoisse qui le maintint éveillé. *Vicky serait certainement morte si elle avait grimpé dans la même voiture que moi*, se disait-il. Imaginer son cadavre là en bas dans la cabine du pick-up lui donnait des nausées.

La légère augmentation de lumière lui rendit un semblant de force : il fit quelques exercices pour se revigorer, grimpant haut dans l'arbre et redescendant plusieurs fois d'affilée, puis engloutit un petit déjeuner à base de barres énergétiques. Il grignotait lentement, en s'appliquant à tout bien mâcher, quand il remarqua du mouvement en dessous de lui. Une certaine agitation régnait parmi les loups : après avoir scruté sans faillir les mouvements du commissaire depuis la veille, ils paraissaient enfin avoir trouvé un autre centre d'intérêt. Semblant obéir à une sorte de signal, ils s'éloignèrent de l'arbre dans un bel ensemble en longeant la ravine. Janvier observait leur manège avec la plus grande attention, songeant à profiter de l'occasion pour descendre de l'arbre et s'enfuir, avant de se raviser : si des loups le rattrapaient en pleine nature, c'en serait fait de lui. Le cœur battant, il attendit la suite des évènements. On aurait dit qu'ils convergeaient vers quelqu'un ou quelque chose, mais Janvier, la main en visière et les yeux plissés, ne pouvait distinguer quoi que ce soit, c'était trop loin.

Une forme sembla se profiler au bout d'un moment. De loin, on aurait dit quelqu'un montant à cheval. Le commissaire se mit à appeler au secours jusqu'à ce qu'il remarque un phénomène étrange : les loups n'attaquaient pas le nouveau venu, ils l'accompagnaient plutôt, formant une escorte des plus impressionnantes. Au fur et à mesure qu'il se rapprochait de lui, Janvier discernait le groupe de mieux en mieux. Ça ressemblait effectivement à un cavalier évoluant lentement dans la neige, mais avec quelque chose de bizarre. La monture était trop gracile pour être un cheval ou même un poney, et il y avait quelque chose sur sa tête, puis il comprit : ce qu'il voyait, c'était des bois et l'animal était un cerf. Ce type montait un putain de cerf ! Janvier cessa de crier : tout ça ne lui disait rien qui vaille.

Le cortège s'arrêta finalement à courte distance de l'arbre où était juché le commissaire, aussi put-il mieux distinguer le nouvel arrivant, ou plutôt la nouvelle arrivante car il s'agissait sans nul doute d'une femme. Les cuisses fuselées qui dépassaient de la lourde cape n'appartenaient assurément pas à un homme, mais c'était loin d'être le fait le plus marquant : sur sa peau, d'un noir d'ébène, couraient de longues arabesques foncées dont les motifs changeants forçaient le regard. Le reste de sa personne disparaissant sous le large vêtement, ses jambes nues exerçaient un attrait hypnotique et Janvier dut cligner des yeux et secouer la tête plusieurs fois pour s'en détacher. L'apparition, chevauchant sa bête majestueuse telle une déesse de la forêt entourée de sa terrible suite, n'avait pas prononcé un mot, ni dévoilé son visage, pourtant le poids de sa présence paraissait capable de plier le monde. Le commissaire était assailli de sentiments contradictoires, oscillant entre l'envie de fondre en larmes et celle de se précipiter à ses genoux. Seule la pensée de Vicky qui risquait la mort lui permit de conserver sa lucidité. Il grinça des dents et se mordit la lèvre jusqu'au sang : la douleur et le goût métallique dans sa bouche lui firent reprendre contact avec la réalité.

Dans un silence de mort, la créature se redressa et dit, d'une voix que le commissaire n'oublierait jamais :

– Tu es fort, vieil homme. Tu t'accroches à la vie comme aux branches de cet arbre, mais aujourd'hui, malgré tes efforts, tu vas mourir. Korongo réclame sa vengeance !

Un grand loup gris saisit dans sa gueule l'objet qu'elle lui tendait et vint le déposer sur le capot du pick-up avant de regagner précipitamment sa place. Dans la seconde qui suivit, le véhicule explosa littéralement et l'arbre, déjà fragilisé par le choc avec la voiture, bascula dans la ravine.

10

Vicky revint sur ses pas, et, passant devant le bureau du shérif, récupéra sa barre en bois en prenant soin de ne pas regarder vers le mur ensanglanté où elle avait été attachée. Elle rejoignit le hall principal et enchaîna quelques figures avec son bâton, comme à l'époque avec son oncle Tsutomu, en contrôlant soigneusement sa respiration. Ça allait mieux, elle était tâchée de sang mais pas blessée. Elle devait se tirer d'ici et retrouver Janvier, en espérant qu'il soit toujours en vie.

Un grondement retentit soudain. Vicky, perdue dans ses pensées, avait relâché son attention et n'avait absolument pas entendu l'ours arriver dans son dos. Elle eut un léger mouvement de surprise, mais il était trop tard pour fuir, il fallait faire face. Elle se sentait étrangement prête, le tempo était parfait, aussi raffermit-elle sa position et pointa son bâton vers l'avant.

– Allez, viens mon gros, attrape-moi si tu peux !

Elle se mit à se déplacer latéralement, enchaînant les postures selon un ordre bien précis. Elle appelait ça la danse de Tsutomu, et pour avoir tenté de la forcer un nombre incalculable de fois, elle connaissait sa valeur défensive. Chaque « moment » recelait son lot de parades et de contre-attaques dévastatrices. Vicky se souvenait avec tendresse que Tsutomu y glissait volontairement des erreurs pour lui laisser une chance et surtout lui apprendre à ne pas en commettre. Il lui avait dit que le jour où elle serait capable de la briser, son enseignement serait terminé. Ce n'était jamais arrivé : Tsutomu était mort avant, renversé par un autobus. Ça aussi, c'était un enseignement et Vicky, face à l'ours qui grondait, s'en souvenait avec aigreur.

La bête finit par charger, la gueule grande ouverte, frappant simultanément avec ses deux pattes avant. Vicky s'y attendait : pivotant sur son pied droit, elle disparut littéralement de la trajectoire du monstre et, réapparaissant sur le côté, elle propulsa son genou dans ses côtes le plus fort qu'elle put. Elle eut l'impression de frapper un sac de ciment. Furieux, l'ours se retourna en un éclair et tenta de lui agripper la jambe avec sa patte. La logique aurait voulu que Vicky pare et contre-attaque au centre, avec par exemple un coup de poing ou de pied dans la tête, mais sans connaître la force exacte de son adversaire, elle préférait ne pas rester dans sa ligne de mire. Elle choisit donc d'esquiver le coup en sautant par-dessus et, avant même de reprendre contact avec le sol, utilisa le poids de son corps pour frapper au visage avec le plat de la tringle. Vicky visait l'œil, mais elle manqua son coup et le bâton claqua sur la tempe de l'ours. Elle devait toucher un point vital, sans quoi elle n'y arriverait jamais.

D'un bond, Vicky se mit hors de portée et reprit la danse de Tsutomu, mais l'ours était déjà presque sur elle, dressé de toute sa hauteur. Elle fit une roulade dans sa direction et, en se relevant, frappa avec le coin de son arme au niveau de l'articulation de son épaule. Le coup porta : la bête poussa un grognement et fit volte-face trop vite pour que Vicky puisse s'éloigner. Elle para un coup de patte avec le bâton, arma son bras et lui balança un puissant kata pleine face. L'ours interposa sa patte, bloquant le bâton et riposta : Vicky sentit ses griffes lui labourer le ventre, mais plus que la douleur, c'est la surprise qui la fit crier. L'ours avait paré le coup ! Depuis quand les animaux sauvages pratiquaient-ils les arts martiaux, bon Dieu ? Vicky resta prudemment à distance, le temps d'évaluer les dégâts, alors que l'ours, sentant son avantage, chargeait à nouveau. Quand il fut sur elle, elle fit une feinte et, visant l'œil une nouvelle fois, frappa d'un coup sec avec l'extrémité du bâton. L'œil s'enfonça dans l'orbite tandis que la bête rugissait de douleur. Elle se retourna furieuse, mais Vicky avait déjà disparu : grimpée sur le dos de la bête, elle avait glissé son bâton sous sa gueule et tirait de toutes ses forces pour l'étrangler. L'ours eut beau se contorsionner sauvagement, Vicky tenait bon. Ce fut la tringle qui céda en premier : elle se brisa de biais en plein milieu, laissant Vicky retomber lourdement sur le dos avec deux morceaux vaguement pointus dans les mains. L'ours se rua sur elle et mordit son épaule gauche à pleines dents. Munie de son bout de bois, Vicky frappa avec l'énergie du désespoir tant et si bien que le monstre finit par lâcher prise. Elle saignait abondamment et son bras gauche était sérieusement amoché. Tandis qu'elle se redressait péniblement et passait la deuxième moitié du bâton dans sa main valide, elle releva la tête et vit que l'ours, debout sur ses pattes arrière à quelques pas de là, contemplait d'un air pensif l'arme enfoncée aux deux tiers dans son abdomen. Il finit par la saisir entre ses deux pattes avant, tira dessus, et la laissa tomber au sol. Un frisson glacé parcourut la colonne vertébrale de Vicky : cet animal n'était pas normal. Son geste était humain, les animaux ne faisaient pas ça.

    Elle se remit à tourner autour de lui doucement, restant dans l'ombre de son œil blessé et guettant sa prochaine attaque. Mais l'ours attendait en respirant bruyamment, pivotant sur place pour garder Vicky dans son champ de vision. Encore une attitude bien humaine, se dit-elle. Heureusement, les humains, elle savait les combattre. Rassemblant ses dernières forces, elle se précipita vers son adversaire et, à quelques pas de la bête, fit semblant de trébucher en tombant au sol. Un genou à terre, elle vit l'ours se jeter sur elle. Alors, tenant fermement son bout de bois, elle attendit exactement le bon moment et le lui planta sous le menton. Le piquet traversa le palais de l'animal et s'enfonça dans son cerveau, le tuant sur le coup.

Le combat terminé, Vicky lutta pour ne pas sombrer. Elle se traîna jusqu'à la porte d'entrée, déterminée à rejoindre la Volvo d'Eirik. Elle ouvrit la porte, tituba un instant sur les marches de l'escalier, puis, à bout de force, elle s'écroula dans la neige et perdit connaissance.

11

Janvier avait réussi à poser le pied sur le sol gelé du fond de la ravine sans se rompre le cou, et considérait ça comme un miracle. Levant la tête, il contempla la distance parcourue le long de la falaise glacée jusqu'à l'arbre coincé entre deux rochers quinze mètres plus haut. Si les branches n'étaient pas restées bloquées dans la pierre, il se serait écrasé au sol sans l'ombre d'un doute.

Il n'était pas sorti d'affaire pour autant : le chemin serait long pour rallier l'ancienne caserne et le temps pressait. Pas question de remonter la pente pour rejoindre la route : il risquait de croiser à nouveau les loups, sans parler de l'étrange personnage qui les menait. Il choisit donc de longer le cours d'eau glacé, en se disant que celui-ci finirait probablement par se jeter dans le lac de Vassdalen.

Janvier n'y voyait goutte : les faibles lueurs de l'aube ne descendaient pas jusqu'au fond de la ravine, aussi redoubla-t-il de prudence. Le terrain était particulièrement accidenté et rendu glissant par le froid. S'il se cassait une jambe ici, ce serait probablement sa dernière maladresse. Malgré la pénombre et l'incertitude quant au sort de Vicky, Alex était heureux d'avancer enfin : rester bloqué dans l'arbre avait été frustrant au possible, aussi se sentait-il investi d'une énergie nouvelle.

Son enthousiasme fut malheureusement douché quelques minutes plus tard, lorsqu'un hurlement retentit non loin. Janvier sentit les poils se dresser sur sa nuque : les loups l'avaient retrouvé... Le commissaire accéléra et, apercevant le premier animal moins d'une centaine de mètres derrière lui, il oublia toute prudence pour filer aussi vite que possible. Il devait trouver un abri sans attendre. Il courait comme un dératé, glissant sur les plaques de glace et manquant de se rompre le cou à plusieurs reprises, quand il aperçut non loin de là un passage escarpé menant au flanc de la montagne, où quelques arbres avaient élu domicile.

Les loups le talonnaient quand il s'engouffra sur l'étroit chemin. Les poumons brûlés par le froid, il bondissait de pierre en pierre, suivi de près par les bêtes les plus téméraires, lorsqu'il trébucha et s'affala de tout son long à quelques mètres de l'arbre le plus proche. Sa tête heurta violemment le sol, au point qu'il perdit probablement connaissance quelques instants.

En rouvrant les yeux, Janvier voyait un peu flou, mais suffisamment bien toutefois pour constater qu'aucun loup n'était occupé à le dévorer. Plusieurs bêtes passèrent à fond de train juste à côté de lui sans lui accorder la moindre attention, comme s'il n'était pas là. Alex, stupéfait, se demandait la raison de cet étrange comportement quand un petit rire le fit sursauter. Toujours allongé dans la neige, il se contorsionna pour découvrir un vieux type qui semblait fort amusé par la situation. L'aïeul, dont le visage ressemblait à une vieille pomme tant il était ridé, se marrait la bouche grande ouverte, en exhibant un unique chicot jauni. Alex s'en serait bien payé une bonne tranche lui aussi, mais la vision de l'antédiluvienne pétoire que l'autre pointait dans sa direction lui en coupa aussitôt l'envie. La peau du vieux avait l'aspect brunâtre du cuir et, avec ses yeux bridés, on aurait dit un grand-père esquimau. Composée de guenilles en peau d'animal et de colifichets en os, la tenue du vieil homme était complétée par une paire de bottes à la pointe recourbée vers le haut, façon lutin sur le retour. Se redressant sur les coudes, Janvier lui fit d'un air hésitant :

– Heu... bonjour, ça va ? provoquant chez le singulier personnage une nouvelle bordée de rires.

– Olmmos vielgat lemmas ! Olmmos vielgat jeargah !!!, éructa-t-il.

Il s'approcha en se dandinant et, avant que le commissaire puisse esquisser le moindre geste, bondit sur son dos. L'affreux bonhomme lui enfonça la tête dans la neige et, en un clin d'œil, lui lia les mains derrière le dos. Janvier se retrouva promptement immobilisé, un vieux bout de cuir puant enfoncé dans la bouche. Le vieux se marrait toujours : il semblait drôlement content de sa performance, et il faut avouer qu'il y avait de quoi. Alex, rouge de honte et de colère, ne put qu'assister à la joie du bonhomme, lequel commença à se balancer, sauter en l'air, bondir à droite et à gauche, s'effondrer, rester immobile au sol pour finalement se redresser en rigolant et se jeter à nouveau sur le commissaire. Ce manège dura un petit moment, après quoi il lui fit proprement les poches. Le vieillard balançait purement et simplement à la ronde tous les objets qui ne l'intéressaient pas, c'est-à-dire quasiment tout, à l'exception du briquet à essence et de quelques pièces de monnaie françaises qu'il examina avec attention. Janvier, qui n'appréciait guère de se faire détrousser ainsi, remuait vigoureusement pour échapper à l'emprise du vieux et gueulait à travers son bâillon. L'autre, agrippé à lui comme une tique, ne semblait pas trop s'émouvoir de son manque de docilité ; il lui prit la tête entre les mains, lui renifla le visage à plusieurs reprises, puis lui lécha le front avec ravissement. Janvier beuglait en se débattant tandis que l'autre semblait se délecter de son épiderme. Il réussit finalement à se dégager et, pris d'une soudaine inspiration, bondit vers un des objets éparpillés dans la neige. Les mains toujours attachées dans le dos, il se saisit du pot d'Egyptian Magic et le lança tant bien que mal au vieux bonhomme. Celui-ci l'ouvrit et goûta son contenu graisseux du doigt. Alex avait vu juste : l'énergumène semblait ravi, au point que, quelques instants plus tard, bondissant de joie, il libérait le commissaire de ses liens et le prenait dans ses bras.

– Giitu ! Noaidi balvalit !

Janvier le repoussa brutalement, si bien que le vieillard tomba le cul dans la neige.

– Dégage, espèce de vieux troll des neiges dégueulasse, je dois aller à Vassdalen, tu m'entends ? À VASSDALEN ! cria-t-il en postillonnant sur le vieux qui serrait toujours son pot de crème.

– Vassdalen ? Noaidi dovdat Vassdalen !

Il regarda Janvier d'un air malicieux et lui fit signe de le suivre. Le commissaire rassembla rapidement ses affaires et se précipita à sa suite. Ils longèrent la ravine par le haut jusqu'à une paroi où était installé un abri rudimentaire. Un traîneau en bois était adossé là : le vieux bonhomme le mit à terre et cria : « Saajvebeana ! ». Aussitôt, quatre chiens surgirent de la forêt, bientôt suivis par deux autres, et se placèrent à l'avant de la nacelle. Le vieux les attacha en un tournemain, invita Janvier à prendre place, et ils se mirent en route à travers les sapins.

Ils filèrent dans le froid mordant, tirés par les chiens qui haletaient sous l'effort. Janvier s'enveloppa dans sa couverture de survie à l'aspect métallique – qui provoqua l'émerveillement de son compagnon de route – et se prépara à endurer le vent glacial qui leur fouettait le visage. Heureusement, le trajet ne fut pas très long : moins d'une heure plus tard, ils arrivèrent en vue du lac de Vassdalen et purent se laisser glisser sur la pente jusqu'au rivage. Ils étaient presque arrivés à destination.

Quand, finalement, le traîneau stoppa à l'entrée de l'ancienne caserne, Janvier serra le vieil esquimau dans ses bras, lui donna la couverture de survie et s'élança à l'intérieur. Il tomba en premier lieu sur le cadavre, à moitié recouvert par la neige, de l'inspecteur de police qui les avait conduits ici, ce qui confirma ses craintes. Quelques mètres plus loin, Vicky gisait sur le sol, entourée d'une mare de sang. Le commissaire se précipita vers elle et la prit dans ses bras.

– Non, Vicky, non… pas toi ! bredouilla-t-il d'une voix tremblante. S'il te plaît…

Ouvrant les yeux après une interminable seconde, elle lui murmura :

– Janvier… enfin, te voilà…

12

– Ton arbre est vraiment resté bloqué au milieu de la falaise ? Non, mais quel bol incroyable…

– Mais oui, je te jure ! répondit le commissaire. Une des branches s'est coincée dans un rocher et moi, emberlificoté dans mon sac à dos, j'avais l'air d'un parachutiste tombé du ciel dans un arbre…

Vicky grimaça : ses blessures la faisaient souffrir malgré les médicaments donnés par les médecins. Elle regarda son ami d'un air perplexe.

– Et ensuite ? La marine est venue te chercher en hélicoptère, c'est ça ?

– Pff… moque-toi. J'ai réussi à me détacher tout seul et à descendre dans le fond de la ravine en…

– Tout seul ?

– Oui, tout seul ! J'ai eu la trouille de ma vie, figure-toi ! J'aurais pu casser ma pipe dix fois sur cette satanée falaise glacée !

Vicky fit un « Oh » silencieux et mit sa main devant sa bouche.

– Et j'étais poursuivi par les loups, bon Dieu ! dit-il en lui donnant une bourrade. Ils sont arrivés en bas quasiment en même temps que moi et m'ont cavalé après le long de la rivière gelée. Franchement, j'ai cru ma dernière heure arrivée, il y en avait des centaines !

– Mais alors, tu as fait comment pour pas te faire bouffer tout cru ?

– Ben j'en sais trop rien, Vik. Ils étaient presque à ma hauteur, je sentais leur souffle dans mon dos quand ils ont soudain fait volte-face. Il y a eu un moment de flottement, et ils ont tous déguerpi dans des directions différentes. Certains sont même passés à côté de moi, mais c'est comme si je les intéressais plus…

Vicky le regarda d'un air dubitatif, avant d'éclater de rire :

– Quel putain de héros tu fais, ma parole ! rigola-t-elle en lui jetant un coussin à la figure. Même les loups n'ont pas voulu de toi !

Renversant sa chaise, Janvier, l'air indigné, esquivait les coups de coussins quand retentit un tonitruant : « Je vous dérange peut-être ? ». Ils se retournèrent d'un bloc en faisant des yeux ronds et découvrirent, assise dans un fauteuil roulant, une femme âgée vêtue d'un tailleur strict. D'une maigreur effrayante, son visage émacié s'effaçait derrière un regard bleu acier. Elle se tenait sur le pas de la porte, accompagnée par un officier de police qui les regardait d'un air sévère.

— Pas du tout, répondit Vik sans se démonter. Mon ami ici présent m'expliquait comment il avait passé de chouettes vacances à camper dans la forêt tandis que je combattais des ours à mains nues.

— Je suis au courant de vos exploits... respectifs, dit-elle en tournant la tête vers le commissaire. Je suis Marie-Mélanie Montpetit, SCRS et, soyons clairs, je vous déconseille de m'appeler par mon nom de famille. Dans le milieu, on me nomme Madame M, ou encore Triple M. La personne qui m'accompagne est Gunnar Haarstad du PST. Des questions ?

Elle s'exprimait dans un français correct, marqué par un fort accent québécois, et son ton n'incitait pas franchement à la plaisanterie. Le contraste entre son apparence fragile et l'aplomb dont elle faisait preuve était saisissant. Janvier regarda son amie allongée sur son lit d'hôpital et reporta son attention sur les nouveaux venus. Il n'avait jamais entendu parler du SCRS ni du PST, mais savait reconnaître des agents gouvernementaux, quelles que soient leurs nationalités.

— Les services secrets canadiens ? En quoi cette affaire...

Janvier s'interrompit au milieu de sa phrase, plongeant son regard dans les yeux bleu azur de cette Madame M. Elle savait. Elle en savait même sans doute plus long qu'eux. Il jeta un coup d'œil à l'officier norvégien, et ce qu'il lut dans son regard le conforta dans son idée. Cette femme allait les mettre hors course, probablement de façon brutale, au premier faux pas. Il était même étonnant qu'elle ne l'eût pas déjà fait : Vicky et lui en savaient trop.

– Bien. Je vois que nous nous comprenons, commissaire.

Elle marqua une pause.

– Vous vous demandez probablement pour quelle raison j'ai pris la peine de venir vous voir. La raison, la voici : nous avons une ennemie commune, et celle-ci vous hait. C'est une faiblesse que j'ai l'intention d'utiliser. Je vous propose une… collaboration.

– Une collaboration ? demanda Vicky. Vous souhaitez qu'on serve d'appât ?

– Exactement, mademoiselle. Ça vous dérange ?

Vicky allait répondre mais Janvier lui fit signe de se taire.

– Avons-nous le choix ?

Madame M écarta les mains en signe d'impuissance et continua :

– Non. Vous avez été attirés dans un piège ici, en Norvège, un piège dont vous êtes sortis avec brio, mais vous n'êtes pas tirés d'affaire pour autant. La prochaine fois, vous n'aurez peut-être pas autant de chance. Acceptez ma proposition, c'est votre meilleure option.

Janvier aurait préféré faire confiance à une hyène blessée, mais répondit sans hésiter :

– Nous voulons stopper ce monstre. Si faire équipe avec vous augmente nos chances, alors nous sommes d'accord.

Il savait que ça ne signifiait rien à ce niveau, c'était juste une étape dans la discussion. Et de toute manière, l'alternative était pire : elle ne prendrait même pas la peine de les faire mettre en prison, ils disparaîtraient purement et simplement.

– À la bonne heure ! Maintenant, vous allez me dire exactement ce qui s'est passé ici. C'est la vraie version que je veux, pas celle que vous avez livrée aux flics et qui est manifestement tronquée. En échange, si c'est valable, je vous donnerai aussi quelque chose.

C'était le moment clé, le véritable test. Janvier savait lire entre les lignes : les informations qu'il allait leur fournir devraient se révéler non seulement substantielles, mais aussi correctes, c'est-à-dire concordantes avec les leurs. Sinon...

– Il paraît clair que nous avons effectivement été attirés dans un guet-apens organisé par le shérif Bjørn Olafsen... se lança-t-il.

– Une personne aux états de service impeccables, contra Triple M. Vous avez lu son dossier ? Comment expliquez-vous qu'il puisse être mêlé à toute cette histoire ?

– Eh bien, il est possible qu'il n'ait pas eu toute sa tête. Je suis persuadé, s'il est aussi vertueux que vous le dites, qu'un examen approfondi révélera une cassure dans son profil psychologique, un changement de personnalité survenu il y a quelques années ou quelques mois. Interrogez ses voisins, ses amis, vous trouverez, j'en suis sûr.

Janvier nota, à des détails imperceptibles, qu'il avait mis dans le mille. Un clignement de paupières, une légère hésitation… Ils avaient déjà trouvé.

– D'ailleurs c'est un thème récurrent dans ce dossier, je ne vous l'apprends certainement pas, tout particulièrement en ce qui concerne les animaux. Quelqu'un semble en mesure de changer la personnalité des gens et des bêtes pour les faire agir à sa guise. Quelqu'un de particulièrement dangereux…

– C'est acquis. À votre avis, comment s'y prend cette personne ?

– Je n'en sais fichtre rien, mais je pencherais pour une sorte de possession. Pas au sens catholique du terme, mais plutôt comme l'entendent les Indiens.

– Du chamanisme ?

– C'est ça.

Vicky leur raconta le comportement des oiseaux dans la résidence du shérif, celui de l'ours aussi, et comment ils étaient arrivés à la conclusion que l'esprit des loups, quittant le corps des oiseaux dans lequel ils étaient prisonniers, avait investi celui des humains quand Vicky les avait « débranchés ».

Triple M écouta attentivement et dit, lorsque le récit sembla arriver à son terme :

– C'est tout ?

Janvier hésita, puis leur raconta son incroyable rencontre dans la forêt.

– Quoi, vous l'avez vu en personne ? fit Madame M en tapant du poing sur son accoudoir. Tabernacle ! Un simple flingue et on aurait pu en être débarrassé !

– Je n'en suis pas aussi certain : son emprise psychique est très forte, je doute d'avoir été en mesure de l'abattre.

– Vous non, évidemment, mais un sniper situé à distance n'aurait eu aucun mal. Enfin…

Elle fit volte-face et se dirigea vers la sortie.

– Reposez-vous. La piste est chaude et la chasse va commencer sans tarder.

– Un instant, Madame M ! Avant de partir, vous nous avez promis quelque chose en échange de nos informations…

– **Ah oui, c'est vrai. Son nom. Ishia, elle s'appelle Ishia.**

À suivre…

RETROUVEZ LA SUITE DES AVENTURES DE VICKY VAN HALEN ET DU COMMISSAIRE JANVIER DANS « MASSASSAUGA » !

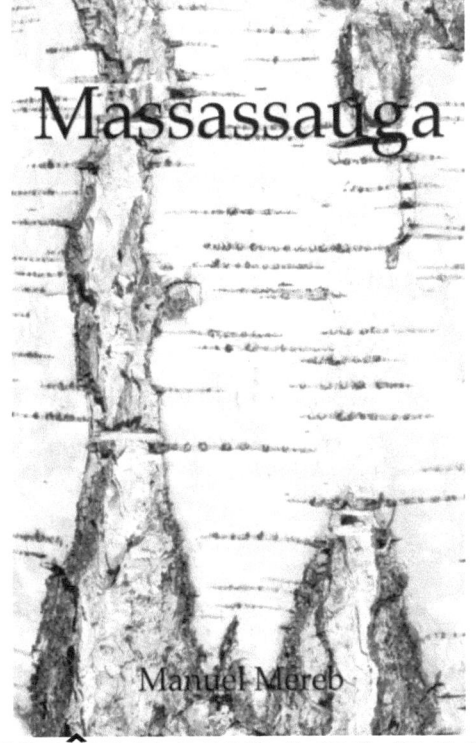

BIENTÔT DANS LES BACS !